AF196917

Sven Icy Kuschmitz
mit Musa Dorothea

präsentiert

Feengedichte

© 2019 Sven Icy Kuschmitz
Unter Mitwirkung von Musa Dorothea
Umschlaggestaltung: Stephanie Männer Illustration,
www.stephaniemaenner.de
Lektorat: Birgit Freudemann, www.schreibwerkstatt-bf.de

Verlag und Druck: tredition GmbH, Hamburg
ISBN
Paperback   978-3-7482-0655-2
Hardcover   978-3-7482-0656-9
e-Book   978-3-7482-0657-6

Bibliografische Information der Deutschen Nationalbibliothek:
Die Deutsche Nationalbibliothek verzeichnet diese Publikation in der Deutschen Nationalbibliografie.
Detaillierte bibliografische Daten sind im Internet über http://www.denb.d-nb.de abrufbar.

Inhalt

Die Wunschfee

Die Wunschfee erfüllt Wünsche, so glaube mir,
ist sie nah oder weit fort von hier.
Die Wunschfee erfüllt nicht jeden Wunsch,
zum Beispiel etwas Grausames,
da schaudert es.
Die Wunschfee erfüllt nur gute Wünsche.
Drum sei auf der Hut, Frau von Üntsche.
Hast du einen bösen Wunsch, so glaube mir,
das wird sie nie verzeihen dir.
Wünsche sollen Träume erfüllen,
drum passe auf und lass dich nicht umhüllen.

Musa

Die Backfee

Die Backfee backt sehr leise
und schickt ihre Gedanken dabei auf die Reise.
Die Backfee backt Kuchen und Brot
und das ganz ohne Not.
Backen ist ihr größter Traum.
Dabei lässt sie ihren Gedanken freien Raum.
Sie stellt sich vor, welchen herrlichen Kuchen sie gerade macht –
dies ganz leise und sacht.
Kuchen essen tun Feen gern,
nicht nur Früchte, die's gibt nah und fern.
Drum, kleine Fee, backe, wie es dir gefällt –
ist dies doch das Größte für eine Fee auf dieser Welt.

Sven

Der Feenwald

Der Feenwald ist weit fort von hier,
unerreichbar. Glaub es mir.
Der Wald liegt nicht gerade um die Ecke,
Menschen kommen da nicht voran auf der Strecke.
Der Feenwald ist für uns nicht zu erreichen,
darum musst du vor ihm weichen.
Der Wald ist durch Feenkreise geschützt,
damit kein Fremder reinkommt, der nichts nützt.
Somit ist das Feenreich gut verborgen,
heute und auch morgen,
für die Zukunft und auch für immer.
Drum bleibe hier, es wird sonst schlimmer.

Musa

Feengeburt

Eine Fee wird im Sommer geboren,
auf einer Blume. Nun machen sie sich Sorgen.
Denn aus Blumen kommen Feen;
kannst du es nicht verstehen?
Wenn man eine Blume bricht, so stirbt die Fee.
Drum lass sie in Ruh, lass sie stehen.
Feen werden auch durch andere Feen geboren,
auf normalem Weg – ja, das geht.
Auch deshalb lass die Blumen in Ruh:
Feen essen davon. Immerzu.

Sven

Paarungszeit

Es ist Frühling, das ist schön.
Nun kommen die Feenmänner zu den Feen, wie schön.
Sie tanzen in der Nacht,
damit die Weibchen ein Männchen ergattern – dann ist's vollbracht.
Dafür verschwinden sie im Wald, im Dunkeln.
Da tun sie nicht munkeln.
Denn was dort geschieht, das weiß man wohl;
bei den Menschen ist es ebenso, jawohl.
Ist die Paarung sodann beendet, gehen die Männchen …
bis zum nächsten Jahr …
und die Feenweibchen kriegen Kinder. Das ist klar.

Musa

Feenkleid

Feen sind klein, das ist wohl klar.
Sie sind aber nicht wie die Elfen. Nicht wahr?
Elfen sind nackt, Feen dagegen angezogen,
ja wirklich, ungelogen.
Elfen sind groß und ziehen sich nichts an,
Feen aber haben schöne Kleider – da ist was dran.
Kleider aus Blumen machen sie sich,
aus Tulpen, Narzissen … das ist ziemlich feierlich.
Blumen und Blätter zieren ihre Leiber,
das macht sie schön, ihr Neider.

Sven

Wie sich Feen und Elfen unterscheiden

Wollt ihr den Unterschied wissen zwischen Feen
und Elfen?
Dabei kann ich euch gern weiterhelfen.
Feen sind ziemlich klein, Elfen dagegen ziemlich groß.
Ja, so geht's schon mal los.
Feen haben zarte Flügel wie ein Schmetterling,
Elfen aber Flügel aus Haut und Muskeln; so ist das
Ding.
Feenweibchen tragen schöne Kleider,
Elfenweibchen keine; leider.
Feenmännchen tragen Flügel,
Elfenmännchen keine; müssen ohne auf den Hügel.
Etwas jedoch haben sie gemeinsam:
Sie sind unsterblich und überhaupt niemals einsam,
lieben und hüten die Natur
und sind nachtaktiv. Glaub' es nur.
So sind die zwei Völker verwandt –
Groß und Klein, das ist wohlbekannt.

Musa

Die kleine Fee singt

Fee – so klein, munter und froh,
sie fliegt heran und singt trallalo.
Singen tut die Fee von Herzen gern.
Sie singt vom Frühling, auch wenn er noch fern,
singt von der Natur
– ein wahres Wunder pur.
Wenn sie singt, entsteht ein Sternenregen,
alles aber kann sie nicht abwägen.
Wenn die kleine Fee singt, so ist sie froh,
das tut ihr gut. Oho.

Sven

Der Feenball

Die Feenkönigin hat geladen,
auf einen Feenball alle Unverzagten.
Da kommen die Feen schon angeflogen,
um zu tanzen und herumzutoben.
Sie singen laut zum Tanz und flattern auch leise,
tanzen auf ihre eigene Art und Weise.
In der Luft, da schwirren sie umher
und verteilen dabei Feenstaub; es ist nicht schwer.
Die Königin tanzt mit dem König,
und der ganze Hofstaat klatscht gehörig.
Die Nacht ist vorbei, der Tag bricht an,
der Ball ist zu Ende. Drum denke daran:
Der Feenball ist für Feen gedacht;
daher lass' sie in Ruh, es ist vollbracht.

Musa

Die Feentarnung

Drum, kleines Kind, hör nun zu,
Feen tarnen sich, deshalb lass' sie in Ruh.
Feen tarnen sich nämlich als Blumen,
drum pflück' sie nicht; manche hört man sogar summen.
Achtung, Feen tarnen sich gern auch als Schmetterling,
drum jage sie nicht, lass' sie fliegen.
So manche Fee wurde schon getötet,
in einem Kasten zur Schau gestellt –
einiges ist wirklich nicht schön auf dieser Welt.
Ohne es zu ahnen töten Menschen Feen und stellen sie
zur Schau,
weil sie denken, es seien nur Schmetterlinge. Bitte, hört
damit auf.

Sven

Die Feenmutter

Die Feenfamilien sind für uns unverzichtbar.
Sie bringen den Regen; das ist uns wichtig und es
ist wahr.
Feenmütter sind immer gut,
vor ihnen muss niemand sein auf der Hut.
Feenmütter haben viel Kraft,
nicht dank ihrer Muskeln, sondern durch Saft.
Eine Feenmutter weiß stets, wo sich ihre Kinder befin-
den;
es sind ihre Sinne, sie wird sie immer finden.
Feenmütter sind immer für ihre Kleinen da
und lieben sie über alles; das ist ganz klar.
Feenmütter stillen ihre Kinder sanft für lange Zeit,
das hält die Verbindung zu ihnen für die Ewigkeit.
Alles auf der Welt bedeuten ihnen ihre Kinder,
Drum nimm dir ein Beispiel und kümmere dich auch
um deine Kinder.

Musa

Der Feenflug

Feen fliegen leise und sacht,
man hört sie nicht, vor allem nicht in der Nacht.
Eine Fee fliegt an dir vorüber, du glaubst es kaum.
Es ist wie in einem Traum.
Man hört sie nicht, du musst sie nur sehen,
sonst kannst du sie auch nicht verstehen.
Sie fliegt umher in ihrer Pracht –
schau einfach nur zu, wie sie es macht.

Sven

Das Feensterben

Um die Feen und Elfen auf der Welt
ist es schlecht bestellt.
Sie sterben. Hier, auf dieser Welt.
Unsterblich sind sie eigentlich schon,
doch sterben sie durch Waldrodung.
Die Menschen machen die Wälder kaputt,
doch Feen und Elfen brauchen sie – keinen Bauschutt.
Rodet man die Wälder, so stirbt die Natur.
Die Menschen zerstören alle Wunder nur.
Feen- und Elfenzauber hilft keine Magie,
sie werden alle sterben, grausam wie nie.
Wälder müssen her,
dann werden Elfen und Feen wieder mehr.
Alles ist dann unverdorben,
dank neuer Bäume und Wälder fühlen alle sich wieder
geborgen.
Darum erhalte die Wälder der Erde –
und Feen und Elfen helfen, dass wieder Glück werde.

Musa

Feenträume

Eine Fee, sie fliegt langsam umher,
sie träumt von ihrer Liebsten; es ist nicht schwer.
Sie träumt von ihr, ihr werdet sehen,
mit ihr zum Tanz zu gehen;
es wird geschehen.
Sie träumt, sie fliegt hoch hinaus,
ins Engelreich, ganz ohne Graus.
Sie träumt mit frohem Sinn
und summt dabei ein Liedlein vor sich hin.
Sie träumt noch von schönen Stunden
und ist dabei ganz ungebunden.
Sie träumt die liebe lange Nacht.
Und wenn sie schlafen geht, hat sie daran gedacht:
Die Sonne geht wieder auf. Und nun schläft sie tief und
sacht.

Sven

Der Feind der Feen

Es gibt etwas, du musst es verstehen,
einen natürlichen Feind der Feen.
Es ist kein Tier, kein Spuk und kein Gespenst,
auch kein Unhold oder wie du das nennst.
Der Feind der Feen ist eine Pflanze, oh Graus.
Drum reißen alle Feen vor ihr aus.
Die Pflanze ist – soll ich's verraten? –
der Sonnentau; das ist zu beklagen.
Die Pflanze ist gefräßig, sie frisst die Feen;
aber es ist dieser Pflanze Natur, auch das musst du verstehen.
Sie hat fiese Ärmchen, das wirst du sehen;
da bleibt eine Fee dran kleben.
So klebt sie fest, kommt nicht mehr weg,
kriegt Todesangst. Was für ein Schreck.
So zieht die Pflanze sie in sich hinein …
und da hörst du die Fee schrecklich schreien.
Die Fee ist dann tot, du wirst es sehen,
und die Familie ist traurig. So kann's geschehen.

Musa

Die Feenköchin

Die Feenköchin kocht so gerne,
man riecht das Essen schon aus der Ferne.
Sie kocht mit Tomaten und Kirschen eine schöne Pilz-
suppe,
aber nicht für die Puppe.
Erst mal Feuer im Ofen machen,
dann kocht sie all diese tollen Sachen.
Hat Sahne und Schmand dazugegeben
und immer schön gerührt; so ist das eben.
Zwiebeln schneidet sie klein,
die kommen auch in die Suppe rein.
Klingt vielleicht komisch, aber du wirst es merken,
so was essen Feen gerne, um sich zu stärken.
Feen haben nun mal einen anderen Geschmack als wir
Menschen.
Das ist zu bedenken.
Den Feen aber schmeckt's,
nicht nur einer Hex.

Sven

Die Zahnfee

Du denkst, die Zahnfee sammelt alle Zähne?
Nein, nein, denn was soll sie damit tun,
wenn die Zähne nicht mehr in deinem Munde ruhn?
Sie fliegt los zu deinem Zahn,
daraus zaubert sie dir ein Geschenk; das macht sie dann.
Das Geschenk war dein neuer Zahn;
jetzt weißt du es, so wird es getan.
Was will sie bloß mit so vielen Zähnen?
Jetzt aber kannst du es verstehen.
Es gibt keine Höhle, wo sie die Zähne hortet,
auch nicht, wenn sie loszieht und Zähne ortet.
Das Geschenk war mal dein Zahn.
Jetzt weißt du es. Nur darauf kommt es an.

Musa

Die Feen

Feen sind Geschöpfe der Natur
und sie machen Wunder pur.
Lassen Blumen erblühen
und Wiesen grünen.
Die Feen machen auch die Jahreszeiten,
das lässt sich nicht bestreiten.
Die Feen bringen Glück und Frieden,
davon wirst du nie geschieden.
Die Feen gestalten die Welt gemeinsam mit den Elfen.
Dabei kannst du mithelfen:
Pflanze einen Baum,
dann siehst du ihn im Traum.
Eine Fee wird dann geboren;
sie ist, glaube mir, für dich auserkoren.

Sven

Die Fee

Feen, klein und zart,
die Haare butterweich, nicht hart.
Feenflügel wie die von einem Schmetterling.
Schön bunt – das ist ihr Ding.
Bunte Flügel, oh wie schön,
alles sehr hübsch anzusehen.
Gute zehn Zentimeter Größe hat eine Fee,
drum wandert sie auch nicht durch tiefen Schnee.
Ihr Aussehen – zart und rein;
das ist ausgesprochen fein.
Eine Fee pflegt sich gut,
drum ist sie stets ganz wohlgemut.

Musa

Das Feenreich

Das Feenreich ist fern und doch so nah.
Du glaubst es nicht? Alles klar.
Die Feen wohnen im verborgenen Reich,
Dort ist nicht alles gleich,
dort ist es bunt und schön.
Als Fee kannst du es verstehen.
Nächtliche Blumen lieben die Feen über alles.
Sie sind nachtaktiv; ja, so schallt es.
Im Feenreich gibt's wirklich lange Nächte,
dafür fast keinen Tag. Das sind die Mächte.
Überall sieht man den Mondenglanz –
immer himmelwärts. Ja, mein Franz.

Sven

Feenjagd

Es ist jemand eingedrungen ins Reich der Feen,
ein Mensch, der sie jagt. Schon geschehen.
Die Feenwache kommt eilig heran,
um diesen Menschen zu vertreiben.
Darauf kommt es nun an.
Zum Spaß jagen einige Menschen Feen;
das hat man leider schon oft gesehen.
Das Feenheer kommt herbei,
und es ist den Feen einerlei,
denn für sie ist der Mensch nur ein Sterblicher.
Er wird es erleben, der Jäger.
Die Feen vertreiben ihn aus ihrem Reich,
von ihnen gehetzt, wird er ganz bleich.
Wer Feen jagt, so wird man sehen,
um den ist's dann auch wirklich geschehen.
Die Feen sind stark und mächtig.
Lass es also sein, sei lieber bedächtig.

Musa

Feenliebe

Die Feenliebe ist so schön,
Feenliebe geht über alles, du wirst es sehen.
Feen lieben und sind sich für immer treu,
sind dabei aber gar nicht scheu.
Feenweibchen lieben andere Feenweibchen sehr.
– und das ist nicht schwer.
Hat ein Weibchen sich verguckt ganz besonders,
so traut es sich ganz anders.
Wenn die Fee sodann ihre Liebe eingesteht,
dann gehören sie zusammen, für immer – und das geht.
Sie lieben sich ganz unverfroren.
Sieh an, das ist so aus ihnen geworden.

Sven

Die Feuerfeen

Die Feuerfeen hüten und wachen über Hitze und Glut.
Sie sind selbst ziemlich heiß; drum habe Mut.
Sie sorgen dafür, dass es Wärme gibt,
also pass auf, dass nichts geschieht.
Auch Feuerfeen müssen lernen,
deshalb brennt es auch öfters in den Wäldern.
Eine junge Feuerfee, oh Graus,
tat etwas … und aus Versehen brannte der ganze Wald aus.
Lernen müssen die Feen.
Jetzt kannst du den Waldbrand verstehen.
Drum rette hurtig den Wald.
Die Elfen kommen eilig herbei,
um den Wald zu erneuern – und schon ist alles vorbei.

Musa

Die Traumfee

Traumfeen kommen in der Nacht zu den Menschen geflogen,
ganz ungelogen.
Sie bringen gute Träume dir, um dich zu belohnen.
Glaube mir.
Bist du gut und von Herzen froh,
geben sie dir gute Träume. Oho.
Doch bist du böswillig und gemein,
dann kommt die Albtraumfee; so wird's sein.
Dann schützt dich auch kein Traumfänger mehr; du wirst es sehen.
Da kommt sie zu dir, so wird es geschehen:
ein Albtraum als Bestrafung.
Drum sei gut und hab Achtung.

Sven

Fee des Frühlings

Die Fee des Frühlings kommt herbei,
sie bringt den Frühling – eins, zwei, drei.
Sie bringt den Frühling ganz geschwind
wie ein richtiger Wirbelwind.
Ist der Frühling dann da, du wirst es sehen,
wird die Fee auch wieder gehen.

Musa

Fee des Sommers

Die Fee des Sommers kommt heran,
dann wird's warm, denk daran.
Sie bringt Wärme wie die Glut,
drum habe jetzt viel Mut.
Sie bringt die Wärme überall;
danach wird sie verschwinden wie der Schall.

Sven

Die Herbstfee

Die Herbstfee bringt Wind und Regen,
und das ist ein richtiger Segen.
Der Sommer war heiß, aber nun ist es vollbracht:
Jetzt kühlt es ab mit aller Macht.
Die Blätter fallen jetzt ganz leise,
und die Herbstfee geht weiter auf Reise.

Sven

Die Winterfee

Die Winterfee – so eiseskalt –,
sie kommt nun aus dem Wald.
Sie gefriert Wälder und Felder,
und es wird immer kälter.
Der eisige Wind ist wohlbedacht,
drum schlafe jetzt. Gute Nacht.

Musa

Feenkreise

D ie Feen legen gerne ihre Kreise,
deshalb gib acht auf deiner Reise.
Einen Feenkreis darf man nicht durchbrechen,
sonst werden die Feen sich an dir rächen.
Die Kreise sind zum Schutze da
für ihre Welt, das ist wohl wahr.
Ihre Kreise sollst du nicht durchbrechen,
sie werden sich sonst übel an dir rächen,
so, wie es anderen schon geschah.

Sven

Das Feenhandwerk

Das Feenhandwerk ist wunderschön,
das kannst du wohl verstehen.
Sie bauen Dinge, klein und zart,
ganz auf ihre Feenart.
Alles ist da schön verziert;
sie geben sich viel Mühe – nicht wie ihr.
Alles ist von Hand gemacht,
das freut sie und ist wohlbedacht.
Bei den Feen gibt's keine Industrie,
das ist gut, ja, das meinen sie.
Das Feenhandwerk bleibt vor uns gut verborgen,
darum kannst du nichts davon besorgen.

Musa

Die Feenzeit

Die Zeit der Feen ist unendlich;
und sie sind unsterblich.
Dennoch ist ihre Zeit manchmal endlich.
Sie sterben mit den Wäldern und Feldern,
durch Menschen, wie etwa deine Eltern.
Je weniger Bäume es sind,
sterben die Feen ganz geschwind.
Feen können hier nur leben, solange der Wald hier steht.
Darum holze den Wald nicht ab, damit ihr Tod nicht
geschieht.

Sven

Die Lichterfee

Die Lichterfee bringt das Licht der Welt.
Drum gucke hin, denn das ist, was zählt.
Durch die Lichterfee könnt ihr was sehen
und es verstehen.
Die Lichterfee ist weise und alt,
sie spielt mit dem Licht; so ist das halt.
Die Lichterfee bringt den Tag;
das ist so, weil sie die Sonne mag.
Die einzige Fee, die tagaktiv ist;
sonst sind alle anderen in der Dunkelheit – und sie wird
sehr vermisst.
Feen lieben die Nacht;
ja, das ist nicht nur ausgedacht.

Musa

Die Dunkelfee

Die Dunkelfee klingt böse und schauerlich,
dabei ist sie gar nicht abscheulich.
Lieb und nett ist sie sehr,
sie bringt nur die Nacht daher.
Sie ist bei den Feen sehr beliebt,
weil sie die Sonne ganz wegschiebt.
Für schöne Nächte sorgt die Dunkelfee,
du aber denkst gleich: oje.
Die Dunkelfee ist nicht böse, wie man glaubt,
sie macht nur den Tag zur Nacht, indem sie dem Tage
das Lichte raubt.
Böse Feen gibt's nicht, und das ist wohl recht.
Darum schlafe gut, Herr Specht.

Sven

Die Wasserfeen

Die Wasserfeen machen den Regen, den Nebel und
die Wellen.
Dies alles musst du bei ihnen nur bestellen.
Sie leben im Wasser,
sind nass, werden dadurch aber nicht blasser.
Kalten Regen machen sie,
dann regnet's und stürmt's wie noch nie.
Kalten Regen bringen sie,
Vergiss es nie.
Warmer Regen? So weint eine Elfe;
dann gehe hin und helfe.
Die Wasserfeen spenden den Wolken Segen,
über Wälder und Felder bringen sie den Regen.
Höret an, lieber Herr und liebe Frau,
Hochwasser bringen sie auch, ganz genau.
Sind die Feen zornig, na dann schau hin …
Hochwasser kommt – und das ist der Sinn:
Um den Unrat wegzuspülen,
wollen sie mit Wasser alles aufwühlen.

Musa

Die Macht der Feen

Die Feenmacht ist groß und stark, Herr Wensen,
sie hat aber auch ihre Grenzen.
Wohl ist sie stärker als alle Macht der Menschen,
das wirst du sehen und kannst es dann verstehen.
Sie ist stärker als der stärkste Zauberer,
doch die Elfen sind stärker. Schau her.
Feen haben Kräfte der Natur und der Elemente –
und Feenkreise; dann kommt ihr Ende.
Sterbliche haben keine Chance dagegen,
für Unsterbliche aber ist die Feenmacht ein kleiner Segen.
Die Stärksten aber sind die Elfen.
Feen gibt's, um mitzuhelfen.
Ja, es ist wohl wahr,
die Feenmacht hat ihre Grenzen. Das ist jetzt klar.

Sven

Das Feenleben

Das Leben einer Fee ist geruhsam,
gar nicht mühsam.
Eine Fee fängt abends mit der Arbeit an
und bleibt die ganze Nacht dann dran.
Ihre Arbeit ist es, Feenkinder zu erziehen,
von morgens bis abends; der kann sie nicht entfliehen.
Eine Aufgabe der Feen ist, auch Nahrung zu beschaffen
und andere schöne Dinge, eben all diese Sachen.
Nähen, basteln und viel stricken …
dabei tut sie sich nicht mal zwicken.
Kochen ist der Arbeit Hut,
backen tut sie, und das tut gut.
Geht die Sonne auf und wieder unter,
ist sie noch bei der Arbeit und ganz munter.
Das Leben einer Fee ist wirklich einfach,
sie benötigt keine Schule und kein Geld.
Das ist der Feen Ideal, ihre Welt.
Drum, kleine Fee, lebe so weiter, lebe wohl.

Musa

Wie lebt es sich im Feenreich, dort, wo zur
Freude aller mit Magie und Zauber alles
leicht von der Hand geht? Sally, Zelda,
Arthur und Pascal reisen mit dem Portstein
mühelos zwischen den Welten hin und her.
Sie besuchen Freunde, stehen Neuem vorur-
teilsfrei gegenüber, lernen die Dinge des All-
tags kennen und die Gefühle anderer zu verstehen.
Nox ist der märchenhafte Ort für friedliches,
interessantes Leben, gepaart mit vielen Über-

raschungen, witzigen Begebenheiten und praktischen Alltagsanleitungen für junge Leser. Diese leicht zu lesenden Kurzgeschichten – sie regen auch zum Nachdenken an – sind für Leser ab 12 Jahren geeignet.

Sven Icy Kuschmitz will in unauffälliger pädagogischer Absicht und leisen Tönen mit ganz besonderen Verhaltensweisen und Lebensgefühlen jenseits der Norm vertraut machen. Er führt den Lesern aber auch viel Bekanntes aus ihrem eigenen Leben vor Augen, beabsichtigt sie vorzubereiten auf neue, vielleicht unerwartete Situationen, um ihre Urteilsfähigkeit zu stärken.

tredition Hamburg, 2013
leicht veränderte Neuauflage 2018

Ein Erdbeben im Altenburger Land. Ein tiefer
Spalt. Ein Unfall … Zelda, Arthur und Pascal,
Studenten der Geologie, finden sich auf Nox
wieder. Werden sie je auf die Erde zurück-
kehren?
Neue Eindrücke und Begegnungen mit fremd-
artigen Wesen nehmen ihre Aufmerksamkeit
in Anspruch. Im Lande Schadanimo begeben
sie sich mit der Katzenfrau Sally auf eine
abenteuerliche Reise auf der Suche nach dem
Portstein, um mit diesem heimzukommen. Da

kann nur Königin Hecuba im Land Vive weiterhelfen, zu deren Burg die vier nach langer Wanderschaft gelangen. Damit aber der Portstein funktioniert, sind erst allerlei Dinge zu besorgen: Straußeneierschale, Spinnenblut ... Auf oft gefahrvolle Weise meistern sie diese Aufgaben. Ein Zaubertrank ermöglicht jetzt die Weiterreise mit diesem Portstein. Statt zurück nach Schadanimo befördert der die Freunde aber stets woandershin. Wo sie auch landen, treffen sie auf scheußliche Kreaturen, nette Elfen, Klagegeister, Feen, neue Freunde. Die Feen verbessern den Stein – und nun funktioniert er, auch dank Zeldas magischen Fähigkeiten, wie gewünscht. Sie landen wieder im Dorf von Sally.

Der Autor verliert sich gern in eine andere Welt – eine bessere, wie er meint, das ist Nox, seine Wunschwelt. Was immer ihm auf seinen Ausflügen dorthin begegnet, findet Eingang in seine Erzählungen.

tredition Hamburg, 2015

Nette Elfengedichte aus der Feder des Autors und einer Elfe namens Musa Dorothea. Ja doch, der Autor unterhält enge und beste Beziehungen zur Welt der Elfen. Er mag sie. Besinnliche Gedichte wechseln sich ab mit anderen, die zum Schmunzeln anregen.

Manche verleiten zur Nachdenklichkeit. Es geht ruhig und friedlich zu bei den Elfen. Ein Zustand, den sie auch der Welt der Menschen gönnen und schenken würden, denn da geht es leider gänzlich anders zu.

... Sie singen um Frieden auf der Welt,
denn damit ist's auf der Erde schlecht bestellt.
Auf der Erde gibt's Krieg und Not,
dass es selbst die Elfen bedroht.
Elfen wollen Frieden schaffen
und mögen ganz und gar keine Waffen.

tredition Hamburg, 2017

Zeitfracht Medien GmbH
Ferdinand-Jühlke-Straße 7
99095 Erfurt, Deutschland
produktsicherheit@kolibri360.de